A. Dederich

Kritik der Quellenberichte über die Varianische Niederlage im Teutoburger Walde

SALZWASSER VERLAG

A. Dederich

Kritik der Quellenberichte über die Varianische Niederlage im Teutoburger Walde

Unveränderter Nachdruck der Originalausgabe von 1868.

1. Auflage 2022 | ISBN: 978-3-37506-212-5

Verlag: Salzwasser Verlag GmbH, Zeilweg 44, 60439 Frankfurt, Deutschland
Vertretungsberechtigt: E. Roepke, Zeilweg 44, 60439 Frankfurt, Deutschland
Druck: Books on Demand GmbH, In de Tarpen 42, 22848 Norderstedt, Deutschland

Kritik der Quellenberichte

über die

Varianische Niederlage

im

Teutoburger Walde.

Von

Prof. A. Dederich,

Oberlehrer am Gymnasium zu Emmerich.

Paderborn,

Druck und Verlag von Ferd. Schöningh.

1868.

BREMER

Inhalt.

Kritik der Quellenberichte über die Varianische Niederlage im Teutoburger Walde.

———◦◦◦———

§ 1. Einleitung.

Nachdem ich vor vielen Jahren *), blos auf den Feldzug des Germanicus vom J. 15 an die Ems nach Tacitus gestützt, die Niederlage des Quintilius Varus durch den Cheruskerfürsten Arminius mit neuern Forschern, deren Hauptvertreter Essellen ist, in den Beckum'schen Wald verlegt hatte, ist mir bei näherer Prüfung der Gesammtverhältnisse zu wiederholten Malen der Gedanke gekommen, meinen Ausspruch zu widerrufen und auf den Grund einer genaueren Erforschung sämmtlicher Quellen= berichte die alte Ansicht von Clostermeier, die in der neuern Zeit den wärmsten Verfechter an Giefers gefunden hat, zu vertheidigen, wornach die Varianische Niederlage im Teuto= burger Walde nahe bei den Quellen der Flüsse Ems und Lippe stattgefunden hat. Es verstärkte diesen Gedanken der Um= stand, daß bei der Flut von Schriften über diesen Gegenstand vielfach auch mein Name in die Untersuchung hineingezogen wor= den ist, bald in lobender bald in tabelnder Weise. Die Aus= führung des Gedankens hat endlich in mir zur Reife gebracht das vor Kurzem erschienene Schriftchen von Mibbendorf **), welcher, den Berichten des Dio Cassius, Tacitus und Velleius

---

*) In meiner Schrift: Geschichte der Römer und Deutschen am Niederrhein u. s. w. Kommen in Emmerich 1854, S. 89.
**) Ueber die Gegend der Varusschlacht u. s. w. Münster in der Coppenrath'schen Buchhandlung 1868.

folgenb, gegen Esselen in die Schranken tritt als Vertheidiger der alten, seit Cloßekrieer herrschenden Ansicht. Middendorf hat die Quellenberichte theilweise genauer geprüft, als es vorher geschehen war. Weil ich aber in der Auffassung vieler Punkte mit ihm nicht einverstanden bin, habe ich eine neue gewissenhafte Prüfung angestellt; was für die historische Wahrheit um so erfreulicher erscheinen muß, als dennoch in dem Hauptresultate rücksichtlich der Ortsfragen zwischen uns Uebereinstimmung herrscht.

Nachdem man bisher die Quellenberichte der verschiedenen Schriftsteller meist zusammengeworfen und aus ihnen ein Ganzes herzustellen bemühet gewesen ist, habe ich dieselben auseinandergehalten und jeden der Hauptberichte (des Dio Cassius, Tacitus, Velleius) seinem eigenthümlichen innern Zusammenhange nach einer besondern Beleuchtung unterworfen, um durch die Prüfung des Einzelnen dem Verständniß des Ganzen und so der Wahrheit der Geschichte näher zu kommen. Habe ich geirrt, so wird man doch, so hoffe ich, den neuen Gesichtspunkten, die sich dadurch eröffnet haben, eine richtige Würdigung und billige Anerkennung nicht versagen.

Es sei mir gestattet, gleich von vornherein eine Stelle des Velleius Paterculus zu besprechen, in beren Behandlung ich Middendorf durchaus nicht beipflichten kann. Er citirt S 3. die Stelle des Velleius II. 105 auf folgende Weise: Intrata protinus Germania, subacti Caninefates, Attuarii, Bructeri, recepti Cherusci, gentes utinam minus mox nostra clade nobiles, transitus Visurgis, penetrata ulteriora, und versteht unter gentes Völkerschaften, welche unter der Hörigkeit der Cherusker standen. Da lege mir einer die Hand auf's Herz und frage sich offen und ehrlich, ob ein Schriftsteller sagen kann: Cherusci, gentes nobiles; deutsch: „die Cherusker, Völkerschaften welche". Da muß man doch dem trefflichen Herausgeber des Velleius, Kritz, vollkommen Recht geben, wenn er in diesem Sinne corrigirt: Cherusci, gens nobilis, „die Cherusker, ein Volk welches". Und so drückt sich auch Velleius selbst Kap. 118 zweimal nacheinander aus: gentis eius und eius gentis, sc. Cheruscorum. Der Schriftsteller zählt an unserer Stelle ver=

schiedene Völker auf, unter diesen auch die Cherusker, ganz all=
gemein nur an das Volk der Cherusker denkend, abgesehen von
den Hörigen desselben und ohne zwischen Cheruskern westlich oder
östlich von der Weser zu unterscheiden, mögen auch immerhin
die Hörigen auf der Westseite dieses Flusses gewohnt haben *).
Mibbendorf hat einmal die οἱ Χηροῦσκοι καὶ οἱ τούτων
ὑπήκοοι des Geographen Strabo VI. 1 im Sinne, und bringt
nun diese ὑπήκοοι ganz ohne Noth auch in die Stelle des Vel=
leius hinein. — Will ich denn vielleicht mit Kritz gens nobilis
lesen? Keineswegs. Offenbar ist die Leseart gentes nobiles
durch Unwissenheit der Abschreiber entstanden, welche unter den
gentes alle vorhergenannten Völkerschaften verstanden haben.
Der Murbach'sche verloren gegangene Codex soll gehabt haben:
gentes et inamminus — nobilis, und die Amerbach'sche Ab=
schrift hat: gentis — nobilis. Sowohl gentis als nobilis sind
die unzweifelhaft richtigen Lesearten; und, ohne mich auf die
vielfachen Versuche, die Stelle zu heilen, einzulassen, darf ich
wohl mit Zuversicht erklären, daß über jeglichen Zweifel uns
Fr. Haase hinweghebt, welcher schon im Jahre 1851 in seiner
Teubner'schen Ausgabe des Velleius die ganze Stelle auf fol=
gende Weise edirt hat: subacti Caninifati, Attuari, Bructeri,
recepti Cherusci (gentis eius Arminius, mox nostra clade
nobilis), transitus Visurgis. Ueber diese Heilung der Stelle
ist, da Haase sicherlich aus seinen handschriftlichen Mitteln ge=
schöpft hat, kein Wort mehr zu verlieren. Recepti erklärt
Mibbendorf richtig: verbunden auf dem Wege des Vertrages.
Und diesem recepti (sc. in fidem), diesem Vertrage, den die
Römer mit den Cheruskern geschlossen, den letztere aber gebrochen
hatten**), steht sehr gut in der Parenthese gegenüber die schmerz=
hafte Erinnerung an Arminius, der bei dem Vertragsbruche

---

*) Daß solche auch bis zur Elbe gewohnt haben, gibt Tacitus
An. II. 41 zu verstehen, wo er von Germanicus sagt, derselbe habe über
Völker usque ad Albim triumphirt.

**) Strabo: τρία τάγματα — παρασπονδηθέντα: die drei Legionen
des Varus, denen der Vertrag gebrochen worden.

an der Spitze gestanden *) und den Vertrag mit der blutigen Niederlage der Römer vergolten hatte. Auffallender Weise hat der Name Arminius auch bei Tacitus An. II. 21 eine Corruption erfahren und ist in iam abgekürzt worden, so daß (ohne das unnütze iam) gelesen werden muß: imprompto Arminio.

Durch diese Behandlung der Velleianischen Stelle glaube ich dargethan zu haben, daß das richtige Verständniß der Quellenberichte, trotz der Flut von Schriften, die über das Varianische Unglück handeln, noch viel zu wünschen übrig läßt. Ich wende mich nun zu den Berichten selbst, an deren Spitze unstreitig die Nachrichten des Dio Cassius stehen. Die Uebersetzung soll nicht immer eine wörtliche sein, sondern sucht überall nur den richtigen Sinn und Zusammenhang gewissenhaft zu verfolgen.

§ 2. Dio Cassius LVI. 18—22.

Kap. 18. „In Germanien hatten die Römer einige Besitzungen, nicht zusammenliegende, sondern zerstreute, so wie sie unterworfen worden waren. Ihre Soldaten lagen hier in Winterquartieren und siedelten sich an. Von ihnen nahmen die Germanen Cultur an, indem sie deren Märkte und friedliche Versammlungen besuchten, ohne jedoch ihre eigenen vaterländischen Sitten, Freiheit und Waffenbrauch zu vergessen; und so lange das allmälig und behutsam geschah, merkten sie die Umwandlung in ihrer Lebensart nicht und fanden sich darein **). Als aber Quintilius Varus die Statthalterschaft in Germanien antrat, die Veränderungen beschleunigte, das Land wie ein unterworfenes behandelte und mit Steuern drückte, da riß ihnen die Geduld und ihre Häuptlinge dachten mit Sehn-

---

*) Strabo: Ἀρμενίου — πολεμαρχήσαντος ἐν τῇ παρασπονδήσει.
**) Vergl. Luden, Gesch. des teutschen Volkes Bd. I. S. 209. — Im Herbste des Jahres 6 hatte Sentius Saturninus Deutschland verlassen. Ihm folgte Varus, früher Statthalter in Syrien. Im Herbste des Jahres 9 war die Schlacht im Teutoburger Walde.

nicht daran, das fremde Joch abzuschütteln und ihre verlorene Gewalt wiederzuerlangen *). Weil jedoch sowohl am Rhein als auch im Innern ihres Landes viele Römer standen, wagten sie keinen offenen Abfall, sondern sich den Schein gebend, als wollten sie allen Anordnungen des Statthalters Folge leisten, verlockten sie ihn weiter vom Rhein ab in das Land des Cherusker und nach der Weser hin **), wo sie so friedlich und ergeben sich benahmen, daß sie den Varus glauben machten, auch ohne bewaffnete Macht könnten dieselben unter römischem Joche gehalten werden."

Die Römer hatten zerstreut liegende Besitzungen in Germanien, also auch mehrere feste Plätze mit Besatzungen zum Schutze derselben. Nach dem Untergange des Varus gingen alle feste Plätze verloren bis auf einen ***), und dieser eine war die Hauptfestung Aliso. Dort befehligte Varus, nachdem er nach Germanien gekommen war, drei Legionen, drei Alen und sechs Cohorten ****): das tapferste aller Heere, das an Mannszucht, Stärke und Kriegserfahrung die erste Stelle in der römischen Streitmacht einnahm (Vell. II. 119). Zwei Legionen — er hatte im Ganzen fünf — hatte er am Rhein zurückgelassen, unter Anführung des L. Asprenas, dessen Oheim Varus war (s. unten).

Seitdem Drusus das Castell Aliso im Lande der Bructerer gebaut hatte, von wo aus Germanien verwaltet und die umwohnenden Völkerschaften (Cherusker, Bructerer) im Zaume gehalten werden sollten, bewohnten die römischen Statthalter ebendieselbige Zwingburg; und es ist selbstverständlich, daß auch der Statthalter Varus zu Aliso hauptsächlich seinen Wohnsitz hatte

---

*) Aehnlich die Schilderungen des Velleius II. 117 f. und Florus IV, 12. S. unten.

**) Πόρρω που ἀπὸ τοῦ Ῥήνου ἔς τε τὴν Χηρουσκίδα καὶ πρὸς τὸν Οὐΐσουργον.

***) Zonaras X. 37. S. unten.

****) Vell. II. 117. Wenn Sutonius Octav. 23 der Legion noch Hülfsvölker (auxilia) hinzufügt, so sind darunter wohl nur die sechs Cohorten zu verstehen.

und von da aus die Angelegenheiten Germaniens leitete. Auch Tiberius hatte daselbst, als er vor dem Winter aus Germanien schied, um im Frühjahr wieder dahin zurückzukehren, sein Winter= lager aufschlagen lassen, mitten in Germanien bei den Quellen der Lippe, wie Velleius II. 105 berichtet: in cuius (Germaniæ) mediis finibus ad caput Lupiæ fluminis hiberna. digrediens princeps locaverat *). Bei den Quellen der Lippe, sagt er, übereinstimmend mit Dio Cassius, welcher (LIV. 33) den Drusus die Festung Aliso bauen läßt da wo die Flüsse Lippe und Elison zusammenfließen **) — was von den Quellen der Lippe nicht weit entfernt ist. „Durch die Anlage der Festung Aliso hat Drusus den spätern Unter= nehmungen der Römer gegen die Teutschen mit ungemeinem Erfolge vorgearbeitet. Denn sie war mit großem Feldherrnblick erbaut. Sie stand am Einfluß der Alme in die Lippe, nicht weit von den Quellen dieses Flusses, in der Nähe von Pader= born: das Dorf Elsen scheint den Namen zu bewahren bis diesen Tag. Die Bergkette, die Westphalen durchstreicht, vor sich, lag sie auf der Grenzscheide von vier der wichtigsten Völker des nördlichen Teutschlands, der Sigambrer, der Bructerer, der Cherusker und der Chatten. Dadurch war sie gesicherter, als irgend eine andere Anlage der Römer; und eben deswegen wurde sie auch bald der Heerd aller römischen Bestrebungen, die durch sie Halt und Richtung erhielten": schreibt Luden S. 187. Der Name selbst und die zweckmäßige Lage des Ortes ist genug= sam von Clostermeier, Giefers u. A. besprochen worden. Von Wietersheim ***) hält die Lage Aliso's für ein mit völliger Sicherheit nicht zu lösendes Problem. Er meint, es sei schlechter= bings nur entweder bei Elsen oder Liesborn, oder vielmehr am

---

*) Reinking, Die Kriege der Römer in Germanien. Münster 1863. S. 103 erklärt princeps: „Tiberius war der erste, der das that." Durch= aus unlateinisch! In diesem Sinne kann nur primus stehen. Princeps ist der Fürst (Tiberius). Dem Velleius kann man diesen obwohl hier überflüssigen Zusatz füglich zutrauen.

**) Ἐκεῖ τε ᾗ ὅ τε Λουπίας καὶ ὁ Ἐλίσων συμμίγνυνται.

***) Völkerwanderung Bd. I, S. 446.

wahrscheinlichsten bei Lippstadt zu suchen, von welchem letztern Orte Drusus durch die Anlage dieser Festung vorzugsweise die Cherusker habe bedrohen wollen. Eine solche Festung bei Hamm hätte für die Cherusker nichts Schreckendes haben können. Essellen kämpft für Hamm; aber was derselbe *) über das Flüßchen Ahse bei Hamm vorbringt, war schon vollständig widerlegt von Giefers **). Hamm liegt jedenfalls viel zu weit von den Quellen der Lippe und Ems und von der Varianischen Unglücksstätte im Teutoburger Walde entfernt, wie wir unten sehen werden. Wie Velleius die Festung „mitten in Germanien" setzt, so Florus IV. 12. 26 an die Weser: denn unter dessen præsidia per Visurgim ist doch wohl nur Aliso zu verstehen ***). Hierdurch wird wenigstens angedeutet, daß die Festung östlicher in Germanien lag, als die Stadt Hamm liegt. Unter Andern kämpft auch v. Müffling ****) für die Lage des Castells Aliso zu Elsen; und Müller (in seinen Vermuthungen über die Gegend der Varusschlacht) sagt sogar: „Wer die Gegend von Elsen gesehen hat und dann nicht erkennt, daß dort Aliso gelegen habe, muß blödsinnig sein."

Die Worte des Dio Cassius πόῤῥω που ἀπὸ τοῦ Ῥήνου heißen nicht, wie Giefers †) sagt, „vom Rhein wo weg", d. h. von irgend einem Orte am Rhein weg, so daß der Rhein der Ausgangspunkt wäre; sondern „weit wohin (irgend wohin) vom Rhein weg", d. h. weiter vom Rhein weg, als bisher, also östlicher noch von Aliso. Nämlich die Enclitica που gehört enge zu πόῤῥω (— πόῤῥω που ist die Formel —) und enthält die Hinweisung auf das Ziel wohin schon im Voraus ausgedrückt, welches Ziel dann seine nähere Bestimmung findet durch den

---

*) Zur Geschichte der Kriege zwischen den Römern und Deutschen. u. s. w. Hamm 1862. S. 18.

**) De castello Alisone etc. Crefeldiae 1844, p. 36 sqq.

***) Wie ich schon gesagt habe im Herbstprogramm. 1844. „Drusus in Untergermanien." S. 11.

****) Ueber die Römerstraßen am rechten Ufer des Rheins u. s. w. Berlin 1834, S. 18 ff.

†) Beiträge S. 129.

Zusatz „in's Land der Cherusker und nach der Weser hin". Wie das Fragewort ποῦ (auch ὅπου) in der Bedeutung von ποῖ (auch ὅποι) „wohin?" gebraucht wird, die Ruhe wo, statt der Bewegung wohin ausdrückend, so kann auch die Enclitica που in der Bedeutung von ποι „irgendwohin" gebraucht wer=den, wie jede bessere Grammatik lehrt. Ebenso ist ἀπὸ τοῦ ῾Ρήνου mit πόῤῥω in Verbindung zu setzen, nicht mit dem Ver=bum προήγαγον, und πόῤῥω hat den Ton, nicht ῾Ρήνου; deutsch: „weit, fern, entfernt vom Rhein lockten die Germanen den Varus"; Aliso war schon weit vom Rhein entfernt, aber es war den Germanen, wegen der Verbindungsstraße zwischen Rhein und Aliso, noch nicht weit genug; sie lockten den Varus weiter vom Rhein, als er bisher gestanden hatte, in's In=nere von Germanien. — Ferner werden mit den folgenden Worten ἔς τε τὴν Χηρουσκίδα καὶ πρ. nicht zwei verschiedene Züge des Varus bezeichnet, wie man geglaubt hat, sondern das καί enthält nur eine nähere Bezeichnung der Richtung nach der Weser hin.

Varus ist zu Aliso nicht den ganzen Sommer über geblie=ben, sondern er hat sich verlocken lassen, von da in das Land der Cherusker und nach der Weser hin zu ziehen, ohne weder den Weg dahin näher zu bezeichnen, noch den Ort bei der Weser zu nennen, von dem aus er nun seine Verwaltung und Reor=ganisationen fortsetzte *). Mit dem Zuge in's Innere stimmt auch Velleius überein. S. unten. Beim Auszuge ist sicherlich zu Aliso eine Besatzung zurückgeblieben.

Dio Cassius fährt in seiner Erzählung fort, wie folgt:

Kap. 19. „So geschah es, daß Varus nicht seine Kräfte zusammenhielt, wie das in Feindesland natürlich gewesen wäre;

---

*) „Es läßt sich wohl von selbst annehmen, daß, so wie die Römer von Aliso aus sich einer wohl verwahrten Straße nach dem Rhein ver=sicherten, dieselben auch mit gleicher Vorsicht sich in Besitz einer offenbaren Verbindung mit der Weser werden gesetzt haben", sagt Clostermeier S. 233. Als Ort an der Weser vermuthet v. Müffling Rinteln. Der Weg dahin könnte durch die Dörenschlucht, durch welche auch Drusus ehedem gezogen zu sein scheint, geführt haben.

sondern einzelne Abtheilungen zerstreute er nach verschiedenen
Richtungen, wo man ihn um Hülfe bat, weil man sich zu schwach
fühlte, entweder die Gegend zu schützen, oder Räuber aufzufangen,
oder nöthige Lebensbedürfnisse herbeizuschaffen. Die Häupter
der Verschwörung waren unter Andern insbesondere Arminius und Segimer, die stets beim Varus verkehrten und
oft zu Tische waren. Aber Varus ahnte nichts Arges und
schenkte nicht nur denjenigen, die ihn warnten, keinen Glauben,
sondern verwies ihnen sogar ihre Furcht*). Zuerst erregten
einige der fern wohnenden Völkerschaften**) in
Folge von Verabredung einen Aufstand, damit Varus, wenn er
gegen diese aufbräche, in dem Wahn, er zöge durch Freundesland, um so leichter in die Falle gelockt werden könnte, und
nicht, wenn plötzlich alle sich erhöben, Vorsichtsmaßregeln träfe.
Die List gelang. Denn die Häupter der Verschwörung ließen
den Betrogenen vorausziehen, und sie selbst blieben zurück
unter dem Vorwande, Hülfstruppen sammeln und nacheilen zu
wollen. Aber als sie ihre schon bereitstehenden Kräfte
gesammelt hatten, tödteten sie die römischen Soldaten, die auf
ihre Bitte bei ihnen geblieben waren, und setzten dem Varus,
der schon in schwerausgänglichen Waldungen steckte,
nach, als offenbare Feinde, sie die sich bisher als Untergebene
gezeigt hatten, und fügten ihm schwere Nachtheile zu."

Aus dem Brukterer-Lande, in welchem Aliso lag, zog
Varus in's Land der Cherusker nach der Weser hin,
ohne daß wir erfahren, weder welchen Weg er genommen, ob
durch den Osning (Dörenschlucht?) in der Richtung nach Hameln
oder Rinteln oder Minden, noch von welchem Orte aus er bei
der Weser die Leitung seiner Angelegenheiten fortsetzte. In seiner Sorglosigkeit hielt er dort nicht einmal seine Kräfte zu-
sammen, wie das in Feindesland natürlich gewesen wäre, in
Feindesland, d. h. in einem Lande, welches nach der Ansicht des Schriftstellers, so wie nach dem Verlauf der Begeben-

---

*) Vergl. Velleius II. 118.
**) Ἐπανίστανταί τινες πρῶτοι τῶν ἄπωθεν αὐτοῦ οἰκούντων.

heiten wirklich ein feindliches war, obgleich Varus es für Freun=
desland hielt, weil die Cherusker vertragsmäßig mit den Römern
verbunden waren, zwischen dem Osning und der Weser Cherus=
ker und Hörige derselben (*Χηροῦσκοι καὶ τούτων ὑπήκοοι*)
wohnten, wie wir aus Strabo gehört haben, und die Bewohner
dieses Landes sich bisher auch wirklich als Unterthanen (*ὑπήκοοι*)
der Römer gezeigt hatten, wie Dio sagt*). — Die Sorglosig=
keit des Varus wird bei Tacitus in den Worten des Segestes
gezeichnet, welcher den römischen Feldherrn bald (An. I. 55.)
auf die verrätherischen Absichten des Arminius beim Gastmahl
aufmerksam macht, bald (I. 58.) der Saumseligkeit beschuldigt;
worin er mit Velleius (II. 118.) übereinstimmt, welcher sagt,
Segestes habe dem Varus die Absicht des Arminius angezeigt,
und Varus habe nach Abweisung des ersten Anzeigers einem
zweiten kein Gehör mehr gegeben**). Das Verhängniß sollte
sich erfüllen und Varus durch Arminius fallen***). — Wer die
fern wohnenden Germanen****) gewesen, mit denen Ar=
minius den Aufstand verabredet, oder welche, wie Velleius sagt,
er in Mitwissenschaft gezogen hatte unter Festsetzung der Zeit,
wann der hinterlistige Angriff geschehen sollte, wird nicht gesagt.
Später hat man bei den Bructerern den im Teutoburger
Wald verlorenen Adler der ersten Legion des Varus (Tacit.
An. I. 60.), bei den Marsen einen andern in einem Hain

---

*) Wer die Hörigen der Cherusker gewesen, läßt sich nicht bestimmen,
thut auch hier nichts zur Sache. Man hüte sich übrigens, kleinere Völker=
schaften dazu zu rechnen, welche zur chamavischen Völkerverbindung gehörten.
S. meine oben angeführte Schrift S. 152.

**) Es ist nicht nothwendig, die Worte des Velleius: nec diutius post
primum indicem secundo relictus locus, dahin zu verstehen, als ob keine
Zeit und Gelegenheit mehr gewesen wäre zu einer zweiten Anzeige, so rasch
sei das Unglück über Varus hereingebrochen.

***) Tacitus An. I. 55: Sed Varus fata et vi Arminii cecidit.
Velleius: obstabant iam fata consiliis omnemque animi eius aciem.
praestrinxerant.

****) Ἄπωθεν αὐτοῦ, „aus der Ferne dort“, d. h. irgendwo in der
Ferne dort. Hier steht αὐτοῦ zu ἄπωθεν (= ἄποθεν) in ähnlicher Weise,
wie oben που zu πόῤῥω.

vergrabenen Legionsabler gefunden (II. 25), und es wurden einige
Römer aus der Niederlage des Varus aus den Händen der Chatten
befreit (XII. 27.): es hatten also außer den Cheruskern die
drei genannten Völker*) an der Vernichtung des Varus Theil
genommen. Wer aber zuerst aufgestanden, wird nicht bezeugt;
einige glauben, es seien die Marsen gewesen. Warum sollen es
nicht ebensogut fern wohnende Bructerer oder Chatten**) gewe=
sen sein können? Der griechische Ausdruck ist ganz unbestimmt
und läßt der Vermuthung ein weites Feld. —

Beim Aufbruch von der Weser wandte sich Varus nach
Westen, aber nicht gleich gegen den Feind; denn mit Weibern
und Kindern und mit einem Troß, wie ihn Dio im folgenden
Kapitel schildert, zieht man nicht gegen einen Feind: vielmehr
wollte er ohne Zweifel nach Aliso zurück, um sich durch die
dort zurückgelassene Besatzung zu verstärken und den Troß daselbst
abzusetzen. Deswegen wählte er wahrscheinlich denselben Weg
(durch die Dörenschlucht?), auf dem er zur Weser gezogen war.
Weil er aber im Gebirge gleich in schwerausgängliche Waldungen
gerieth, wo er sich den Weg, wie Dio im folgenden Kapitel be=
richtet, erst bahnen mußte, ist anzunehmen, daß er von den
Aufrührern verleitet die Hauptstraße verlassen ***) und sich
in die Waldungen hat ablenken lassen; und als er einmal den
bösen Weg angetreten hatte, mußte er, zumal da er auch im
Rücken von den Germanen angegriffen und der Aufstand ein all=
gemeiner wurde, sich durch die folgenden Schwierigkeiten hindurch
zu arbeiten suchen ****). Wie das Gehölz war, in das er hinein=
gerathen, erzählt Dio im folgenden Kapitel.

---

*) Cherusci sociique eorum vetus, Arminii miles. Tacit.. An. II. 45.

**) Einige nehmen an, alle von Strabo aufgeführten Völker, über
die Germanicus triumphirt, seien Theilnehmer am Aufstande und an der
Teutoburger Schlacht gewesen. Das ist unrichtig. „Der Triumph war ein
allgemeiner über alle auf den verschiedenen Feldzügen bekämpfte und
besiegte Völker." S. meine Gesch. S. 91.

***) Niebuhr, Röm. Gesch. Bd. V, S. 224.

****) Wie es Forscher hat geben können, die den Varus nicht von der
Weser westlich in den Teutoburger Wald, um nach Aliso zu kommen, sondern

Kap. 20. „Nämlich es waren da Berge mit abwechselnden Thalschluchten und Höhen, besetzt mit dichten und
himmelhohen Bäumen*); und die Römer hatten, bevor noch
die Feinde sie angriffen, sich abgemübet, einen Weg zu bahnen
und Brücken zu legen. Denn sie führten auch viele Wagen und Zug-
vieh mit sich, wie im Frieden, und nicht wenige Kinder und Weiber und sonstiger Troß folgte ihnen; so daß auch schon deswegen der Zug kein zusammenhängender war; Regenguß
und Windsturm zerstreuten sie noch mehr; der schlüpfrige Boden
um die Wurzeln und Baumstümpfe herum ließ sie ganz unsicher
gehen, und die niedergebrochenen und herabstürzenden Gipfel der
Bäume brachten große Verwirrung hervor. Erster Kampf.
In dieser mißlichen Lage brachen die Germanen, der Fußsteige
kundig, plötzlich durch das dichteste Gehölz von allen Seiten
hervor und umschwärmten haufenweise die Römer, indem sie
zuerst aus der Ferne ihre Pfeile auf sie schleuderten, dann aber,
als keiner sich zur Abwehr setzte und viele verwundet wurden,
zum Handgemenge übergingen. Und, was nicht zu verwundern,
ohne Ordnung zwischen Wagen und Unbewaffneten ziehend, nicht
leicht im Stande sich zusammenzuhalten, und jedesmal gegen die
Angreifenden den Kürzern ziehend, litten sie viel, ohne den Gegnern
etwas anhaben zu können."

Kap. 21. „Sie bezogen daher an einer passenden Stelle,
wie sie sich auf bewaldetem Gebirge barbot, ein Lager**). Nachdem sie dann dort die Mehrheit der Wagen und das weniger
Nothwendige verbrannt hatten oder zurückließen, setzten sie am
folgenden Tage in mehr geschlossener Ordnung den Marsch

---

von Aliso aus östlich in den Teutoburger Wald, wo er vernichtet worden
ist, haben ziehen lassen, erscheint völlig unbegreiflich! —

*) Τά τε γὰρ ὄρη καὶ φαραγγώδη καὶ ἀνώμαλα, καὶ τὰ δένδρα
καὶ πυκνὰ καὶ ὑπερμήκη ἦν. Das Charakteristische det Schilderung, welches
in der bezeichneten Abwechselung (ἀνώμαλα) besondern Ausdruck findet,
ist bis jetzt von den Uebersetzern nicht genugsam berücksichtigt worden.

**) Ἐστρατοπεδεύσαντο, χωρίον τινὸς ἐπιτηδείου (ὥς γε ἐν ὄρει
ὑλώδει ἐνεδέχετο) λαβόμενοι: „nachdem sie sich eines geeigneten Ortes
bemächtigt hatten".

fort und kamen in ein offenes (baumloses) Terain (ἐς φίλον τι Χωρίον), wenn auch nicht ohne Blut. Von da aufge=
brochen geriethen sie wiederum in Waldungen (Ge=
hölz), abwehrend die angreifenden Feinde, so gut sie konnten, aber nicht ohne eigenen starken Verlust; (— **Zweiter Kampf.**
—) denn ein geschlossener Gesammtangriff der Reiterei und Schwerbewaffneten, den sie in einem engen Raume (στενοχωρίᾳ) versuchten, brachte ihnen theils durch die Dichtig=
keit (indem sie auf einen engen Raum zusammengebrängt kämpften), theils durch die Bäume großen Nachtheil. Der Kampf hatte bis in die Nacht gedauert; aber an Ruhe war nicht zu denken, und man suchte endlich aus dem [Gehölz herauszukommen und zog weiter; das wurde auch möglich, denn jetzt (während sie weiter zogen) brach der Tag an*). Allein wiederum ließen Regenguß und Windsturm sie weder weiter ziehen noch festen Fuß auf dem schlüpfrigen Boden fassen, benahmen ihnen selbst den Gebrauch ihrer Waffen, indem sie weder Pfeile noch Bogen noch Schilde wegen der Nässe ordentlich handhaben konnten. Den leicht bewaffneten Feinden, die nach Belieben angriffen und sich zurückzogen, schadete das Unwetter weniger. **Dritter Kampf.**
Unterdeß vermehrte sich die Zahl der Feinde, schon der Beute wegen; und die Unserigen, deren Zahl in deu Kämpfen zu=
sammengeschmolzen war, wurden leichter umzingelt und nieder=
gemacht. Da stürzten sich Varus und die übrigen höheren Offi=
ziere, aus Furcht in Gefangenschaft zu gerathen oder durch Feindeshand zu fallen (— verwundet waren sie schon —), in ihre eigenen Schwerter."

Kap. 22. „Auf diese Kunde gaben die Soldaten den Kampf

---

*) Τότε γὰρ ἡμέρα πορευομένοις σφίσιν ἐγένετο. So lautet die überlieferte Lesart. Wörtlich: „jetzt wurde es Tag", oder „war es Tag geworden". Durch die von mir aus dem ganzen Gedankenzusammenhange eingeschobenen Worte „Der Kampf — — möglich" ist das berühmte ellip=
tische γάρ zu erklären. Die versuchte Correctur ἡ ἡμέρα — ἐξεγένετο („der Tag ging zu Ende"), um anderer Conjecturen nicht zu gedenken, verdirbt nicht nur den Gedankengang, sondern ist auch, wie leicht erwiesen werden kann, durchaus ungriechisch.

auf: einige folgten dem Beispiel ihres Führers, andere warfen ihre Waffen weg und ließen sich vom ersten besten Feinde niederhauen; denn Flucht war unmöglich. Männer und Rosse wurden niedergemetzelt."

Wie viele Zeit Varus gebraucht hat von seinem Aufbruche bis in das Gebirge (Osning), wird nicht gesagt. Zur Ermordung der bei Arminius zurückbehaltenen Römer gehörte nicht viel Zeit, mehr wohl zur Sammlung der germanischen Truppen, obwohl auch diese schon bereit standen. Der Marsch mit dem ganzen Troß mag langsam genug gewesen sein; und als er im Gehölz des Gebirges saß, gehörte auch einige Zeit dazu die Bäume zu fällen, den Weg zu bahnen und Brücken zu legen: so daß Arminius Zeit hatte, sowohl im Rücken des Varus, wie auch, als dieser im Gebirge steckte, von allen Seiten den Angriff der Germanen gehörig zu organisiren. Allein die Hauptsache ist der Kampf im Gebirge; und da unterscheiden sich bei Dio deutlich genug drei Kämpfe und drei Tage. Am ersten Tage erster Kampf im schwerausgänglichen Gehölz; dann Lager des Varus auf walbiger Höhe. Am zweiten Tage Weiterzug, offenes Terrain, wiederum Waldungen, und in diesen enger Raum, wo zweiter Kampf bis in die späte Nacht. Am britten Tage britter Kampf, der sich ununterbrochen an den zweiten anknüpft, und in diesem Untergang des Varus. Alle drei Kämpfe waren innerhalb des Gebirges, aus dem Varus nicht herausgekommen ist. Es ist zwar oft vom Weiterziehen die Rede; allein das hat wenig zu bedeuten, da der Weg durch das Gehölz meist gehauen werden mußte, die häufigen Regengüsse das Fortkommen hemmten und die Germanen ihre Angriffe unaufhörlich erneuerten. Varus zog auch wohl nicht geraden Weges; denn er kannte keinen Weg, und an Auskundschaftung war nicht zu denken, weil die Germanen ihn von allen Seiten umschwärmten. Und da die Breite des Gebirges zwei bis drei Stunden beträgt, so ist es unter den obwaltenden Verhältnissen wohl denkbar, daß Varus drei Tage lang in den Waldungen festgehalten worden ist, aus welchen ihn herauszulassen die größte Thorheit des Arminius gewesen wäre. Varus wollte um jeden Preis

aus dem Gebirge heraus sich in die Ebene und nach Aliso durchschla=
gen, um sich daselbst gegen die Uebermacht der Feinde zu vertheidi=
gen, aber Arminius mußte dieses um jeden Preis zu verhindern
suchen.

Von einem L a g e r ist bei Dio nur am ersten Tage nach
dem Kampfe die Rede. Ist dieses das erste Lager (prima
Vari castra), welches Tacitus An. I. 61 erwähnt? Daß eine
solche Annahme unmöglich ist, werden wir bei der Behandlung
der Worte des Tacitus hören. Das von Tacitus erwähnte La=
ger kann nur dem d r i t t e n Schlachttage angehören und ist das=
jenige, welches dem Germanicus, als er in den Teutoburger
Wald zog, in den er sich durch Cäcina erst den Weg bahnen ließ,
das n ä ch ste war: denn dort war ja Varus gefallen, und ein
Soldat, ein Augenzeuge, zeigte dem Germancius die Stelle, wo
derselbe sich das Leben genommen hatte, wie Tacitus berichtet.

Nach Dio's Zeugniß ist das römische Heer bis auf den letz=
ten Mann vernichtet worden, also auch die Weiber und Kinder; denn
„Flucht war unmöglich,“ sagt er. Damit stimmt Suetonius (Oct.
23) überein: „drei Legionen mit dem Feldherrn, den Legaten
und sämmtlichen Hauptleuten wurden niedergehauen.“ Auch Oro=
fius VI. 21 sagt, drei Legionen seien v ö l l i g vernichtet worden.
Hingegen anders belehrt uns Tacitus, anders Velleius, wie wir
später sehen werden. Auch nicht waren mit Varus d i e ü b r i=
g e n ersten Offiziere (οἱ ἄλλοι λογιμώτατοι) gefallen: denn,
wie aus dem Zusammenhange des Velleius hervorgeht, hatte
sich der Primipilar Cädicius nach dem nahen Aliso gerettet; und
nach des Frontinus Angabe*) wurden die Ueberreste der Varia=
nischen Niederlage zu Aliso belagert und Cädicius wurde der
Führer der Belagerten (Lagerpräfect). Wahrscheinlich haben
sich unter den Geretteten auch Weiber und Kinder befunden, die
in die Mitte genommen worden waren. Nach des Frontinus
Zeugniß scheinen die Römer sogar Germanen zu Gefangenen
gemacht und nach Aliso geschleppt zu haben.

---

*) Strat. III. 15. 4. IV. 7. 8.

Ueber den Ort der Niederlage sagt Niebuhr*): „Die Frage über die bestimmte Stelle, wo die Schlacht des Varus geliefert worden ist, gehört nach meiner Meinung zu denjenigen, welche nie befriedigend beantwortet werden können." Von Müffling S. 32. f. schreibt: „Der Punkt, wo die Schlacht mit dem völligen Untergang des römischen Heeres endigte, ist durch folgende unvergängliche Merkmale bezeichnet: Die Quellen der Lippe und Ems und den Teutoburger Wald. Der nächste Berg an der Dörenschlucht heißt noch heute der Hermannsberg. Dieß muß allerdings zu der Vermuthung führen, daß Hermann sich an dieser Schlucht dem Varus bei seinem Rückzuge vorlegte, Ob nun dieser sich durchschlug und beim weiteren Rückzuge von neu angekommenen germanischen Völkerschaften aufgehalten und endlich umringt, allmälig zwischen der Dörenschlucht und Aliso erlag oder ob Varus sich den Weg durch die Dörenschlucht nicht zu öffnen vermochte und, weiter aufwärts marschirend, beim Uebergang über das Gebirge vernichtet wurde, es sei bei dem Winfeld oder bei Felbroom (Fallrum) oder bei Schlangen, das sind Fragen, welche unentschieden bleiben müssen und deren Beantwortung von Hypothesen abhängt." Nach v. Wietersheim fand die Niederlage unfern des Dörenpasses, an der Seite desselben, Statt; den Teutoburger Wald erkennt derselbe in den Höhen an den Seiten des genannten Passes. Mir ist das Terrain unbekannt. Aber mich dünkt, mit dem Dio Cassius in der Hand müsse man den Weg bis zur Unglücksstätte des Varus finden können. Ein holländischer Offizier a. D. hat mir im Jahr 1863 eine Schrift zugesandt mit dem Titel: Germanicus aan den Rijn, de Ems en de Wezer, in den Jaren 14, 15 en 16. Door A. G. W. Ramaer, Oud-officier de infanterie. Met Kartjes: welcher eine naturgetreue Zeichnung des Durchganges durch der Osning an der südöstlichen Seite der Dörenschlucht beigegeben ist. Wer diese Zeichnung sieht, muß sich augenblicklich der Worte des Dio „Berge mit abwechselnden Thalschluchten und Höhen" erinnern und fast glauben, daß der dort bezeichnete Weg von Det-

---

*) Bd. V. S. 224.

molb nach Schlangen der unglückliche Weg des Varus sei:
er führt vorbei an dem Teut (Teutoburg) und der Grotenburg,
dem Hägeberg, dem Winfeld, den Extersteinen.

In dem weiteren Berichte des Dio folgt eine Lücke; diese
wird aber durch Zonaras X. 37 ergänzt auf folgende Weise:

„Alle festen Plätze (Τὰ ἐρύματα πάντα)*) nahmen die
Germanen, einen ausgenommen (ἄτερ ἑνός), bei welchem auf=
gehalten sie nicht nach dem Rhein vorrücken und in Gallien ein=
fallen konnten. Diesen einen vermochten sie nicht zu über=
wältigen, weil sie das Belagern nicht verstanden und die Römer
zahlreiche Bogenschützen hatten, durch welche sehr viele Germanen
umkamen. Als die Germanen dann erfuhren, daß die Römer
Posten am Rhein aufgestellt hatten**) und Tiberius mit
einem bedeutenden Heere heranrückte, verließen die mei=
sten das Castell, die Zurückbleibenden zogen sich etwas zurück, um
nicht durch die häufigen Ausfälle der Belagerten Verluste
zu erleiden, und bewachten die Wege, in der Hoffnung, die Be=
lagerten durch Mangel an Lebensmitteln zur Uebergabe zu zwin=
gen. Aber so lange die Römer noch mit Nahrungsmitteln ver=
sehen waren, harrten sie aus, Hülfe erwartend. Da jedoch die
Hülfe ausblieb und der Hunger überhand nahm, zogen sie —
es waren nur wenige Soldaten und viele unbewaffnet —
in einer stürmischen Nacht aus, mußten den ersten und zweiten
feindlichen Posten zu täuschen und kamen glücklich vorbei, beim
dritten aber wurden sie bemerkt, weil (wie aus Dio hinzugefügt
werden kann) die Weiber und Kinder den Erwachsenen be=
ständig zuriefen, wegen Ermattung und Furcht, wegen Dunkel=
heit und Kälte; und Alle würden (so fährt Dio wieder fort)
umgekommen oder in Gefangenschaft gerathen sein, wenn nicht
die Germanen durch ihre Beutegier sich hätten verlocken lassen.
Dadurch geschah es, daß die Kräftigsten sich retteten, zumal da
die Trompeter, die bei ihnen waren und einen Schnellmarsch

---

*) Die Römer hatten zerstreute Besitzungen, also auch zum Schutze
derselben zerstreute Besatzungen in festen Plätzen. Dio, Kap. 18 oben.
**) Vergl. oben Dio, Kap. 18.

bliesen, die Germanen glauben machten — denn die Nacht war hereingebrochen und man konnte nicht sehen — es sei von Asprenas Hülfe geschickt worden. Deshalb ließen die Germanen von der Verfolgung ab, und als Asprenas hörte, was vorging (nämlich daß es sich um die Flucht der Römer handelte), kam er (den Fliehenden) wirklich zu Hülfe (und rettete sie: wie es bei Velleius heißt)."

Die Ueberreste aus der Varianischen Niederlage (reliqui ex Variana clade) wurden belagert, sagt Frontinus Strat. III. 15. 4. Der Primipilar Cädicius wurde nach der Varianischen Niederlage belagert, sagt derselbe IV. 7. 8. Der Lagerpräfect L. Cädicius wurde nach dem Varianischen Unglück zu Aliso belagert, sagt Velleius II. 120. Hieraus folgt, daß Aliso die nahe Festung war, in welche sich die Ueberreste des Varianischen Heeres retteten, und zwar unter Anführung des Primipilar Cädicius, der dann daselbst die Stelle des Lagerpräfecten versah (obsessis nostris pro duce fuit, sagt Frontin) *).

Der eine feste Platz, den die Germanen nicht nehmen konnten, war kein anderer als Aliso. Dahin hatten sich die Flüchtlinge aus der Varianischen Niederlage gerettet: der Ort muß also nicht weit vom Schlachtfelde entfernt gelegen haben. **) Der Führer der Flüchtlinge war der Primipilar L. Cädicius, welcher zu Aliso Lagerpräfect wurde. Als die in Aliso belager-

---

*) Die beiden Strategemata des Frontinus lauten vollständig: „Die belagerten Ueberreste aus der Varianischen Niederlage, welche, wie es den Belagerern schien, an Mangel litten, führten die germanischen Gefangenen in der Nacht in ihren Magazinen umher und entließen sie dann mit abgehauenen Händen, damit diese die Belagerer überzeugten, ihre Hoffnung, die Römer würden sich Hungers wegen ergeben, sei vergebens, da sie noch Ueberfluß an Lebensmitteln hätten." Das andere lautet: „Der Primipilar Cädicius, welcher an der Spitze der Belagerten stand, fürchtete, er möchten die Germanen den Vorrath von angehäuftem Holz an den Wall bringen und das Lager anzünden; er schickte daher, als wenn er Holzmangel hätte, Leute aus, um dasselbe zu stehlen, und bewirkte dadurch, daß die Germanen alle Stämme entfernten."

**) Wie kann da noch von Hamm die Rede sein? Arminius sollte die Fliehenden so weit haben ziehen lassen! —

ten Römer, durch Hunger gezwungen, in einer stürmischen Nacht die Festung verließen, um sich an den Rhein zu retten, kam ihnen Asprenas zu Hülfe. Woher kam dieser? **) Von einer benachbarten Festung, worin er gestanden haben könnte, kann nicht die Rede sein, weil alle Festungen in den Händen der Germanen waren, eine ausgenommen, Aliso; er muß also anderswoher zu Hülfe geschickt worden sein. Aus Zonaras und Dio werden wir darüber belehrt. Nach Zonaras rückte Tiberius mit einem bedeutenden Heere vom Rhein heran; nach Dio kommt Asprenas zu Hülfe. Offenbar hat Tiberius, der bis zu seinem Feldzug im J. 10 am Rhein blieb, den Asprenas mit den zwei Legionen, die ihm sein Oheim Varus übergeben hatte, zu Hülfe geschickt. Dieser kam also statt des Tiberius vom Rhein herbei und zwar noch zur rechten Zeit, um die schon aus Aliso unter Cädicius ausgezogenen Römer zu unterstützen. Die Belagerten wußten, daß Hülfe im Anzuge war, deshalb hielten sie die Belagerung der Germanen so lange aus, bis sie der Hunger zum Abzuge zwang, und noch zur rechten Zeit kam Asprenas an. Wie Asprenas wieder zum Rhein zurückgezogen, erzählt weder Dio noch Zonaras; auch über Cädicius weiß keiner von beiden etwas. Nur Velleius redet davon, welcher die Tapferkeit beider Führer rühmt. Asprenas, sagt er, rettet die Römer und kehrt an den Rhein zurück; Cädicius schlägt sich durch zu den Seinigen und bahnt sich den Weg mit dem Schwerte. Doch darüber s. unten.

Wenden wir uns nun zu dem Berichte des Tacitus und folgen demselben in den hieher gehörigen Grundzügen.

§ 3. Tacitus An. I. 60 f.

Der Feldzug des Germanicus vom J. 15 galt den Cheruskern. Er schickte den Cäcina mit vierzig Cohorten durch das Land der Bructerer an die Ems, den Pedo mit der Reiterei

---

**) Giefers, Beiträge S. 101, läßt ihn vom Norden her kommen! —

durch das Gebiet der Friesen ebendahin. Germanicus selbst führte seine Flotte durch die Nordsee in die Ems. Da, wo die Ems aufhörte schiffbar zu sein (bei Lingen oder Rheine?), vereinigte er sich mit Cäcina und Pedo. Die Chauci im Rücken hatte er gewonnen und die Chatten im Süden hatte er ebenfalls schon unschädlich gemacht; und so von allen Seiten gesichert wollte er nun gegen die Cherusker. „Vom Sammelplatze aus sendete er zuerst den Stertinius mit leichten Truppen gegen die Bructerer, die ihr Gebiet durch Feuer verheerten; es zog dann das Hauptheer, geführt von Germanicus selbst, zu den äußersten der Bructerer (ad ultimos Bructerorum), und alles Land zwischen den Flüssen Ems und Lippe wurde verwüstet, nicht weit vom Teutoburger Walde, in welchem, wie es hieß, die Ueberreste des Varus und seiner Legionen unbeerdigt lagen.“ Weder ging Stertinius über die Ems, noch Germanicus über die Lippe; denn einen solchen Uebergang über einen der Flüsse würde Tacitus nicht verschwiegen haben: sondern Stertinius wandte sich südlich in's Gebiet der Bructerer, worauf Germanicus dann noch weiter südöstlich und östlich vordrang und zwar zwischen den Flüssen Lippe und Ems, wo er Alles verwüstete, also zu den östlichsten Bructerern, zu den im östlichen äußersten Winkel zwischen Lippe und Ems wohnenden Bructerern, und das war nicht weit vom Teutoburger Walde. Ductum inde agmen ad ultimos Bructerorum, quantumque Amisiam et Lupiam amnes inter, vastatum, haud procul Teutoburgiensi saltu, in quo reliquiæ Vari legionumque insepulti dicebantur. Giefers (Beiträge S. 113) sagt: „inde heißt hier nicht darauf, sondern von dort.“ Aber er belehrt uns nicht, woher? Offenbar ist inde gleich deinde, wie so häufig. Ebenderselbige ergeht sich mit außerordentlicher Ausführlichkeit über quantumque, obgleich der Gedanke klar und unzweideutig ist, wenn man richtig interpungirt. Nur muß man nichts dazwischen werfen, was nicht in den lateinischen Worten steht, nicht sagen „zwischen den Quellen der Ems und Lippe“, sondern einfach nur „und alles Land zwischen den Flüssen Ems und Lippe wurde (auf diesem Zuge) verwüstet, nicht weit

vom Teutoburger Walde." Aber was war denn nicht weit vom
Teutoburger Walde? hat man auch gefragt. Antwort: beides,
sowohl die äußersten der Bructerer oder die Grenz-Bructerer oder
(wenn man will) die Grenze der Bructerer, als auch die Ver-
wüstung des Landes. Es ist unbegreiflich, wie man an den
klaren Worten des Tacitus noch lange herumklauben kann, um
nur irgend einen winzigen Halt für seine eingebildete Ansicht zu
gewinnen! Fügt man ja sogar hinzu: „also lag der Teutoburger Wald im Lande der Bructerer": wie Reinking S. 137
thut. Tacitus sagt: haud procul, d. h. nicht weit. Trotz der
Nähe war es aber doch so weit, daß der Teutoburger Wald
außerhalb der Bructerer-Grenze lag, und zwar östlich davon,
also im Cheruskerlande. Das Gebirge, welches im Osten von
Westfalen in der Gestalt eines Hufeisens sich biegt, heißt der
Osning. Nur ein kleiner Theil desselben, ungefähr zwischen
Lippspringe und Detmold, heißt der Teutoburger Wald, wo
am östlichen Theile des zwei bis drei Stunden breiten Gebirges
die Höhepunkte Teut (an dessen Fuß der Teutehof) und
Grotenburg (die große Burg, Teutoburg) sich erheben, wovon
der Teutoburger Wald den Namen hat. Darüber ist zu lesen
Clostermeier S. 73 f. und besonders S. 118 ff. Bis zur
Grenze des Bructerer Landes, d. h. bis beinahe an den Teutoburger Wald, wie v. Ledebur („Land und Volk der Bructerer")
die Grenze bestimmt, rückte Germanicus vor, so daß er nicht
weit von der Varianischen Unglücksstätte, die im Cheruskerlande
lag, entfernt war. Bei den Cheruskern und deren Hörigen, sagt
Strabo, kamen die drei Legionen des Varus um, d. h. im Teutoburger Walde, im Gebiete der Cherusker, die das Ziel des
Germanicus auf seinem Feldzuge waren. „Da ergriff den Germanicus, sagt Tacitus weiter, die Begierde, die Unglücksstätte
zu besuchen. Er schickte den Cäcina voraus, damit er das Dun-
kel der Waldschluchten erforschen und über die morastigen Sümpfe
und trügerischen Felder (über den Moorgrund) Brücken und
Dämme legen sollte, und zog über diese in das grauenhafte Gebiet ein." In der sog. Senne, einer Haide, die noch heutzu-
tage voller Sümpfe und Torfmoor ist, wie Augenzeugen an-

geben, legte Cäcina die Brücken, und über diese folgte Germanicus in's Cheruskerland hinein. Tacitus fährt dann fort:
Prima Vari castra lato ambitu et dimensis principiis trium
legionum manus ostentabant; dein semiruto vallo, humili
fossa accisæ iam reliquiæ consedisse intelligebantur. Hier
stehen wir an der Stelle des Tacitus, welche die Forscher zu
den mannigfaltigsten und entgegengesetztesten Ansichten geführt
hat, namentlich bei den Worten prima Vari castra: indem die
einen den Germanicus über die Ems oder auch über die Lippe
gehen lassen, um zu den prima Vari castra zu gelangen, andere
ihn rückwärts von seinem Wege abbringen in den Beckum'schen
Wald, andere nach Osten in den Osning führen. Letzteres ist
das Richtige. Weder über die Ems noch über die Lippe geht
der römische Feldherr, sondern er bleibt zwischen den beiden
Flüssen; denn das Ziel des Feldzuges sind die Cherusker. Er
bringt vor zu den Grenz-Bructerern; weder aber können darunter die Beckum'schen Bructerer verstanden werden, weil auch südlich von der Lippe noch Bructerer wohnten, die „Kleinern Bructerer", noch auch diese Kleinern Bructerer südlich von der Lippe,
weil Germanicus nicht über die Lippe gegangen ist; es können
nur die östlichsten Bructerer gewesen sein, bis zu denen der
römische Feldherr vorgedrungen ist. Auch Cäcina geht östlich,
um die Brücken zu legen, und in derselbigen Richtung folgt diesem der Oberfeldherr. Diese östliche Richtung steht unumstöß-
lich fest. Nach Essellen's Ansicht hätte Germanicus aus dem
Gebiet der Grenz-Bructerer eine rückgängige, westliche Bewegung
gemacht in den Beckum'schen Wald, und wäre von Osten nach
Westen durch diesen Wald gezogen, von dem ersten Lager des
Varus zum zweiten; nach der Leichenfeier hätte er sich dann
wieder östlich gewendet gegen den Arminius in's Cheruskerland.
Also ein Hin- und Herziehen! Alle Irrthümer haben einen
Hauptgrund in der unrichtigen Erklärung der prima Vari castra.
Man will durchaus, daß diese prima castra das erste vom
Varus, als er in's Gebirge gerieth, aufgeschlagene Lager des
Dio Cassius sei, und weiß nun nicht, auf welchem Wege
man den Germanicus dahin bringen soll. Nipperdey sagt:

„Germanicus kam vom Westen, Varus war vom Osten zurück=
gezogen. Daraus, daß hier die Schilderung dem Zuge des
Varus folgt, sehen wir, daß Germanicus über das erste Lager
des Varus hinausgerückt war, um dann die Oertlichkeiten nach
der Folge der Ereignisse zu beschauen." Die Worte des
Tacitus sind ganz anders zu verstehen. Tacitus spricht gar
nicht von zwei Lagern, auch nicht von einem Zwi=
schenraum zwischen beiden. Die prima Vari castra sind
nicht, wie man bisher allgemein angenommen hat, das erste La=
ger, welches Varus bei seinem Eingang in den Wald angelegt
hat und wovon Dio Cassius Kap. 21 redet, und das folgende
dein deutet nicht auf ein zweites Lager im Gegensatz zum
ersten; sondern prima heißt hier so viel als proxima, und dein
steht im Gegensatz zum latus ambitus, zu welchem mit dieser
Partikel der harte Kampf in demselben hinzugefügt wird. Primus
in der Bedeutung von proximus kommt auch vor Tac. An. II. 8:
prima aestuaria, i. e. proxima; und wer andere Beispiele aus
andern Schriftstellern haben will, kann solche in reicher Zahl im
Lexicon von Klotz finden. Tacitus will sagen: Eingangs des
Waldes betraten die Römer zunächst das Lager des Varus;
oder: das Nächste war da das Lager des Varus. Es
ist das Lager des dritten Kampftages, welches ich das Ver=
zweiflungs=Lager nennen möchte. Dio hat dasselbe nicht
erwähnt; aber an dessen Dasein ist nicht zu zweifeln: denn außer
Tacitus (— dessen Zeugniß schon allein ausreichend wäre —)
erwähnen es auch Florus und Frontinus. Jener erzählt (IV.
12): „Von allen Seiten bringen die Germanen ein und plün=
dern das Lager; drei Legionen werden vernichtet"; und dieser
(Strat. II. 9. 4.): „Am Vallum zeigte Arminius den Römern
die Köpfe der Erschlagenen, die er auf Lanzen hatte stecken
lassen."*) Dio hat das letzte Lager (des Tacitus) nicht er=
wähnt, weil er nur den ununterbrochenen zweitägigen
Kampf (des zweiten und dritten Tages) und dessen gräßliches

---

*) Letzteres hat man mit Unrecht auf die Belagerung von Aliso
bezogen.

Ende schilbert; Tacitus hat das erste Lager (des Dio) unerwähnt
gelassen, weil die entscheidenden Hauptkämpfe erst beginnen nach
dem Aufbruche aus diesem Lager, wie aus Dio deutlich genug
zu ersehen ist. Als Varus am dritten Tage aus dem Gebirge
sich herauszuschlagen bemühte, geschah von den Germanen, deren
Zahl sich vermehrt hatte und deren Aufstand allgemein geworden
war, ein Angriff von allen Seiten, um dieses zu verhindern;
die Römer, die aus dem Gebirge sich herauszuschlagen nicht ver=
mochten, errichteten in der Verzweiflung ein umfangreiches La=
ger, aber nach der hartnäckigsten Gegenwehr sahen sie die Ger=
manen von allen Seiten in das Lager eindringen (vgl. obige
Stelle des Florus) und erlagen der feindlichen Uebermacht.
Das eine Lager, das Verzweiflungs = Lager des Tacitus, ge=
währte einen boppelten Anblick: „erstens zeigte es in sei=
nem weitem Umfange und in den Dimensionen der Anführer=
zelte das Händewerk dreier Legionen; zweitens erkannte man
aus dem halbzerstörten Walle und den starkausgefüllten Graben,
daß die schon zusammengeschmolzenen Legionen sich noch zu einer
letzten Gegenwehr gesetzt hatten.“ Nur in diesem Sinne kann
die Stelle verstanden werden, so daß die Tacitinische Anschauung
ein zweites Lager vollständig ausschließt.

Dann fährt Tacitus fort: In offenem Felde inmitten von
Walbungen und Höhen (medio campi) lagen die gebleichten Ge=
beine der gefallenen Solbaten entweder zerstreut oder angehäuft,
je nachdem sie entweder geflohen waren oder Wiberstand ent=
gegengesetzt hatten. Daneben lagen Bruchstücke von Waffen und
Pferdegeripps; Menschenköpfe waren an Baumstämme genagelt.
In den anstoßenden Hainen sah man römische Offiziere auf Al=
tären geschlachtet. Solbaten, die unter Varus gedient hatten,
aber der Niederlage und Gefangenschaft entflohen waren, zeigten
die Stelle, wo Legaten gefallen, Adler verloren gegangen waren,
wo Varus sich in sein Schwert gestürzt, wo Arminius von einer
Erhöhung zu den Seinen geredet u. s. w. Die Erklärer fragen,
wo das medium campi gewesen. Gehörte auch dieses zum La=
ger, so daß die Fläche in der Mitte des Lagers barunter ver=
standen werden könnte? Dazu paßten wohl die gebleichten Ge=

beine und die Todesstätte des Varus, aber anderes paßt nicht.
Gewöhnlich nahm man den Raum zwischen einem ersten und
zweiten Lager an; allein nach dem richtig verstandenen Sinne
des Tacitus gab es kein zweites, wie eben gezeigt worden. Ist
der campus vielleicht das ψιλὸν χωρίον oder die στενοχωρία
des Dio? Diese gehören dem zweiten Schlachttage an. Allein
bedenken wir, daß bei Dio der Kampf in der στενοχωρία sich
ohne Unterbrechung an den letzten Entscheidungskampf anknüpft, daß Tacitus nur eine Total=Anschauung des
Schlachtfeldes gibt, und daß die στενοχωρία nicht weit von
der Stelle des Entscheidungskampfes, also des Lagers, entfernt
war, so könnte man füglich den campus mit der στενοχωρία,
wo Varus seinen Gesammtangriff formirte und viele Offiziere
fielen, identifizieren. Jedenfalls aber war der campus in der
Nähe des Lagers oder bei dem Lager; und auf diesem
Felde hielt Germanicus eine Leichenfeier und errichtete er für
die Gefallenen einen Tumulus. — Gegen die früheren Erklärer
der prima Vari castra, welche über die Wege und Märsche des
Germanicus die abenteuerlichsten Vermuthungen aufgestellt haben,
als wenn der römische Feldherr in den Teutoburger Wald gezogen wäre, um Studien über die Kämpfe des Varus von ihrem
Anfange an bis zur unglücklichen Katastrophe anzustellen oder
gar einen Plan aufzunehmen, erwähne ich nur noch die vernünf-
tigen Worte des alten Clostermeier S. 206: „Tacitus wollte
nur in einem flüchtigen Gemälde die auffallendsten Gegen-
stände zusammendrängen, welche dem Heerführer und seinen Soldaten auf den verschiedenen Wahlplätzen der Niederlage des Varus in die Augen sprangen, keineswegs aber der Ordnung nach
beschreiben, wie das Heer von einem zum andern fortging, und
was es zuerst und was es zuletzt erblickte" — ohne jedoch mit
ihm über ein erstes und zweites Lager einverstanden zu sein.

Es ist die Frage aufgeworfen worden, warum Germanicus
auf seinem Zuge in den Teutoburger Wald die Festnng Aliso
nicht besucht hätte, und an die Unterlassung dieses Besuches sind
mancherlei Muthmaßungen geknüpft worden. Wohl kann Germanicus damals auch Aliso besucht haben, während Cäcina die

Brücken über die Torfmoore der Senne legte; allein dieser Be=
such schien dem Tacitus gleichgültig, wogegen der Besuch des
Schlachtfeldes als Hauptsache in den Vordergrund trat. Cupido
Cæsarem invadit solvendi suprema militibus ducique, sagt der
Geschichtschreiber.

Nach der Todtenfeier geht Germanicus dem Arminius
entgegen, erzählt Tacitus weiter. Dieser weicht aber zurück in
unwegsames Terrain (in avia) bis auf ein offenes
Feld (campus), welches er besetzt. Germanicus will mit seiner
Reiterei ihm dieses Feld entreißen; aber Arminius hatte in den
um das Feld gelegenen Wäldern einen Hinterhalt bereitet,
wendet sich plötzlich um und läßt zugleich die Seinigen aus dem
Hinterhalt hervorbrechen. Durch diesen gleichzeitigen Angriff ge=
räth die römische Reiterei in Unordnung. Germanicus läßt
Hülfscohorten anrücken; aber auch diese können sich wegen der
geworfenen und fliehenden Reiterei nicht halten, und es war
nahe daran, daß sie in einen Sumpf, den die im Siegen be=
griffenen Germanen kannten, die geworfenen Römer aber nicht
kannten, geworfen worden wäre, wenn nicht zeitig Germanicus
seine Legionen hätte vorrücken lassen. Das ermuthigte die Rö=
mer, schüchterte den Arminius ein; und der Kampf blieb unent=
schieden. Darauf kehrte Germanicus zur Ems zurück.. — Vom
Schlachtfelde des Varus zog Germanicus gegen den Arminius.
Wo stand dieser? Auf welchem Wege ging Germanicus gegen
ihn? Brauchte letzterer den unglücklichen Weg des Varus, um
aus dem Walde herauszukommen, und hatte Arminius im Ge=
birge selbst auf ihn gelauert, sich aber vor der Macht des Rö=
mers, dem er vielleicht ein dem Varus ähnliches Schicksal zuge=
dacht hatte, zurückgezogen? Das sind Fragen, die sich aufdrän=
gen, aber nicht beantwortet werden können. Schwerlich hat der
Römer den Unglücksweg des Varus gewählt; aber nur so viel
läßt sich sagen, daß er wahrscheinlich in östlicher Richtung aus
dem Gebirge heraus in das Gebiet zwischen Osning und Weser
vorgerückt ist. Wo waren ferner die avia, wo der campus, wo
der palus? Auch diese Fragen lassen sich aus den Worten des
Tacitus nicht beantworten. Das Stillschweigen über den Weg

des Rückzugs läßt vermuthen, daß er den Rückweg nahm, wie
er gekommen, doch wohl auf der Heerstraße aus Cheruskia in
das Bructererland zwischen Ems und Lippe, und durch dieses auf
der linken Seite der Ems bis zum vorigen Sammelplatze, wo
er sich einschiffte, um durch die Nordsee nach Castra Vetera zurückzukehren, während er den Cäcina durch das Bructererland
über die Pontes Longi (zwischen Dülmen und Borken) nach
dem Rhein ziehen ließ.

Wir wenden uns nun zu dem Quellenberichte des Velleius.

§ 4. Velleius II. 117 ff.

Wir haben oben gehört, daß Tiberius sein Winterlager
(nach Velleius II. 105) in mediis Germaniæ finibus ad caput
Lupiæ fluminis hatte, und zwar zu Aliso. Schon Drusus
hatte dieses Castell angelegt, und von ihm aus verwalteten die
römischen Statthalter Germanien. Als Varus nach Germanien
kam, bezog auch er dieses Winterquartier. Dann erzählt Velleius II. 117 weiter: „Als Varus dem Heere, welches in
Germanien (in Germania) war, vorstand (nämlich zu Aliso),
bildete er sich ein (in Folge der dort gemachten Erfahrungen),
die Germanen seien Menschen, die vom Menschen nichts hätten
außer der Stimme und den Gliedmaßen, und die besser durch
das Recht als durch Waffengewalt in Gehorsam gehalten werden
könnten. In dieser Meinung und Absicht zog er mitten in
Germanien hinein (mediam ingressus Germaniam) und,
wie unter Leuten, die sich der Süßigkeit des Friedens freuten,
zog er unter Rechtsprechen und gerichtlichen Verhandlungen den
Sommeraufenthalt in die Länge (trahebat æstiva)." Soweit
stimmt Velleius mit Dio und Strabo überein. Varus verließ
Aliso (im Bructererlande) und zog über den Osning in Cheruskia zur Weser hin, wo er sein Rechtsprechen fortsetzte. Im Ausdruck trahebat æstiva muß nicht æstiva Sommerlager
(æstiva castra) heißen, sondern heißt vielmehr Sommerzeit
(æstiva tempora, æstivum tempus, tempus æstatis) oder Som-

meraufenthalt, ben Varus in bie Länge zog (in ben Herbst hinein); gerabe so wie bei Velleius II. 105, wo vom Tiberius gesagt wirb: æstiva usque in mensem Decembrem producta (= tracta): — wobei es sich freilich von selbst versteht, baß auch ein Sommerlager eingerichtet worben ist.*) Ferner fährt Velleius Kap. 118 fort: „Aber währenb sich Varus mit solchen Dingen beschäftigte, machten ihn bie schlauen Germanen, theils Prozesse häufenb, theils Lobsprüche bes Richters Gerechtig= keit spenbenb, in bem Grabe sorglos, baß er auf bem Prätor= stuhle zu Rom zu sitzen, nicht mitten in Germanien**) bem Heere vorzustehen glaubte." Da brachte Arminius, wie es weiter heißt, seine Verschwörung zum Untergang bes Varus zur Reife; er zog zuerst wenige, bann mehr Germanen in seinen Plan. Varus wurde von Segestes gewarnt; aber er war blinb unb ging seinem Schicksal entgegen. „Das tapferste Heer (Kap. 119) ging burch bie Sorglosigkeit bes Führers unb burch bie Treulosigkeit ber Feinde zu Grunde, eingeschlossen von Wälbern und Sümpfen unb von Nachstellungen umgarnt." Zur Bestimmung ber Oertlichkeit bietet Velleius hierin nichts. Die Darstellung ist ber Art, baß man fast glauben sollte, Varus sei im Sommerlager hinter= gangen unb vernichtet worben. Die Erwähnung ber Wälber unb Sümpfe unb Nachstellungen ist ganz allgemein unb unbe= stimmt, grabe wie bei Florus IV. 12, welcher ebenfalls nur von Wälbern unb Sümpfen redet.

„Der Körper bes Varus wurde von ben wilden Germanen zerrissen, ber abgehauene Kopf bem Marbob übersanbt unb, von biesem bem Augustus ausgeliefert, trotz aller Schulb, bie Varus auf sich gelaben, dennoch burch Beisetzung in ber Familiengruft beehrt. ***)

---

*) Von Müffling legt es nach Rinteln.

**) In mediis Germaniae finibus. Diese Bezeichnung, die bei Velleius II. 105 (wie wir oben gesehen) von ber Gegenb von Aliso an ben Quellen ber Lippe gebraucht wirb, bezieht sich hier auf bie Gegenb zwischen Osning und Weser.

***) Caput — missum ad Caesarem gentilicii tamen tumuli sepultura honoratum est. Es war also für bie gens Quintilia in Rom ein

Nach dem Untergange des Varianischen Heeres fährt Vel=
leius folgendermaßen fort: Ein Lagerpräfect Ceionius ergab
sich, nachdem er den größten Theil der Seinigen verloren hatte,
den Feinden, die ihn hinrichteten. Ein Legat des Varus, Vala
Numonius, ließ sein Fußvolk im Stich und wollte mit seinen
Reiterabtheilungen an den Rhein entfliehen, kam aber um.
Kap. 120: Reddatur verum L. Asprenati testimonium, qui
legatus sub avunculo militans nava virilique opera duarum
legionum, quibus præerat, exercitum, immunem tanta calamitate, servavit matureque ad inferiora hiberna descendendo
vacillantium etiam cis Rhenum sitarum gentium animos confirmavit. Das heißt: „Asprenas, Legat unter seinem Oheim
Varus, rettete mit Hülfe seiner zwei Legionen, denen er vorstand
(die er vom Rhein, hierher geführt hatte, wie wir oben gesehen),
das Heer, d. h. dasjenige Heer, d. h. denjenigen Theil
des Heeres, welcher der schrecklichen (so eben erwähnten) Nieder=
lage entgangen war; und dadurch, daß er zeitig zum untern
Winterlager (nach Castra Vetera) hinabeilte (d. h. das Lippeufer
hinab), gelang es ihm, die in der Treue wankenden Völker=
schaften selbst diesseit des Rheines (d. h. die linksrheinischen)*)
im Gehorsam zu bestärken.“ Es ist nicht zu begreifen, wie
Mibbendorf S. 52 die Worte nava — servavit übersetzen
kann: „er hat durch sein energisches und mannhaftes Handeln
seine beiden Legionen von einer so großen Katastrophe un=
berührt bewahrt!“ **) — Der Heerestheil, welcher der schrecklichen
Varianischen Niederlage entgangen war, ist das Corps des Pri=

Tumulus, ein Grabmonument, Cenotaphium, gleichwie für Augustus der
tumulus (Mausoleum) Augusti. Zur Erklärung des tamen ergänzt Kritz
mit Recht: Varus — quamquam tantae calamitatis auctor, tamen —
honoratus est.

*) Vgl. Kap. 121: Gallias confirmavit.

**) Velleius schaltet dann ein, „Asprenas habe die am Leben Ge=
bliebenen gerettet“ (vivos ab eo vindicatos). Diese am Leben Gebliebenen
sind dieselbigen, von denen er vorher gesagt hatte: exercitum, immunem
tanta calamitate, servavit. — Daß es mit den Kreuz= und Querzügen des
Asprenas, wie wir sie bei Reinking S. 160 lesen, sich doch ganz
anders verhalte, haben wir schon oben gehört.

mipilars L. Cädicius, welcher sich mit diesem durchschlug nach
dem nahegelegenen Aliso, wo es von den Germanen belagert
wurde und sich tapfer vertheidigte, bis Asprenas Rettung brachte.
Zu loben ist, fährt Velleius fort, auch die Tapferkeit des Lagerpräfecten L. Cädicius, sowie derjenigen, welche mit ihm zu
Aliso von einem großen Heere der Germanen belagert wurden;
unter Ueberwindung der größten Schwierigkeiten, welche der
Hunger und die Uebermacht der Feinde bereiteten, hat er nach
erforschter günstiger Gelegenheit sich mit dem Schwerte die Rückkehr zu den Seinigen gebahnt. Calbus Cälius nahm sich
in der Gefangenschaft gewaltsam das Leben. *)

Was Velleius von der Tapferkeit des Cädicius berichtet,
ist dasselbige, was wir in der Erzählung des Dio Cassius gehört
haben. Als Asprenas mit seinen zwei Legionen herannahete,
schlug Cädicius, obgleich er nur wenige und unter diesen viele
unbewaffnete Soldaten hatte (wie Dio sagt), sich mit dem Schwerte
durch die Ueberzahl der ihn verfolgenden Germanen durch bis zu den
Seinigen, d. h. zu den Römern, zu den Legionen des Asprenas, mit denen er sich vereinigte. Er bewies in diesem Kampfe den-
selbigen Heldenmuth, mit dem er sich vorher aus der Varianischen Niederlage nach Aliso durchgeschlagen hatte. Von Hunger und Auskundschaftung berichten beide Schriftsteller. Der Unterschied der
Erzählung besteht nur darin, daß nach Dio Asprenas als der
Retter des Cädicius erscheint, ohne daß von dem tapferen Durchschlagen zum Asprenas die Rede ist; nach Velleius aber hat sich
Cädicius den Weg zu Asprenas mit dem Schwerte gebahnt.
Nach Dio lassen die Germanen in der Verfolgung nach durch ihre
Beutegier; aber nach Velleius muß das Schwert gegen sie gebraucht werden. Und dieser Unterschied wird um so auffallender
durch den wörtlichen Ausdruck des Velleius: Ferro sibi ad suos

---

*) Horkel, Geschichtschreiber der deutschen Urzeit Bd. I. S. 356,
bemerkt, Cälius bei Florus sei von Cädicius bei Velleius schwerlich
verschieden. Er wollte wohl sagen: „Cälius bei Frontinus". Florus
kennt keinen Cälius, und Velleius unterscheidet L. Cädicius und Calbus
Cälius. Die Vulgata bei Frontinus ist Caelius. Aber ich habe in
meiner Teubner'schen Ausgabe schon 1855 den Cädicius hergestellt.

peperere reditum. Ich habe zwar eben übersetzt „sie bahnten sich mit dem Schwerte den Weg zu den Römern des Asprenas." Allein es sagt Velleius: „sie verschafften sich die Rückkehr zu den Ihrigen." Das glückliche Gelangen zu Asprenas kann doch keine Rückkehr genannt werden. Ich muß hier den Velleius einer Verwirrung der Dinge beschuldigen. Des Asprenas Zug an den Rhein kann man eine Rückkehr nennen, weil er ja vom Rhein her gekommen war. Der sonderbare Umstand aber, daß Velleius auch den Cädicius mit den Seinigen zurückkehren läßt, scheint mir die Vermuthung zu rechtfertigen, daß der Schriftsteller zwei Dinge zusammengeworfen hat, die zu trennen sind, nämlich erstens das heldenhafte Durchschlagen des Cädicius mit dem Schwerte zum Asprenas, und zweitens die Rückkehr des Cädicius, oder vielmehr des Asprenas in Vereinigung mit Cädicius, an den Rhein. — Uebrigens scheint diese vereinigte Rückkehr an den Rhein eine unblutige gewesen zu sein; denn Velleius, wo er von dem Zuge des Asprenas an den Rhein spricht, erwähnt keinen Kampf gegen verfolgende Germanen, und Dio sagt, die Germanen hätten aus Beutegier von der Verfolgung abgelassen.

Endlich ist noch eine Stelle des Tacitus aus dem Feldzuge des Germanicus im J. 16. zu besprechen.

§ 5. Tacitus An. II. 7.

„Als Germanicus hörte, daß das Castell an den Quellen der Lippe (castellum Lupiae flumini adpositum) belagert würde, führte er sechs Legionen dahin; aber die Belagerer gaben ihm keine Gelegenheit zum Kampfe; indem sie bei der Nachricht von seinem Herannahen sich schon davon gemacht hatten. Jedoch den Tumulus, der kürzlich den Varianischen Legionen errichtet worden und den Alten zu Ehren des Drusus erbauten Altar hatten sie aus einander geworfen. Den Altar stellte er wieder her und hielt an der Spitze der Legionen zu Ehren seines Vaters eine Leichenfeier; den Tumulus herzustellen, fand er nicht für gut. Dann ließ er Alles zwischen dem Castell Aliso und dem Rhein (inter castellum Alisonem ac Rhenum) durch neue Wehren und Dämme gehörig befestigen."

Als Varus von Aliso zur Weser hin zog, hat er diese Festung sicherlich nicht ganz entblöset, sondern dort eine Besatzung zurückgelassen. Es hatten ja die Römer dort sich angesiedelt und brachten von da aus den Germanen römische Cultur, wie Dio Cassius erzählt. Dorthin wollte Varus bei dem Aufstande der Germanen auch wieder zurück, aber er wurde im Teutoburger Walde mit seinen Legionen vernichtet, und nur eine Abtheilung des Heeres unter Anführung des Primipilars Cädicius rettete sich und warf sich in das nahe Aliso. Cädicius von den Germanen belagert und bald vom Hunger gedrückt, suchte sich mit wenigen zum Theil unbewaffneten zu retten, es kam ihm Asprenas zu Hülfe, und er schlug sich zu diesem durch. Diese Geretteten sind nur der Rest der Varianischen Niederlage, und die frühere Besatzung oder die angesiedelten Römer blieben (nach dem obigen Zusammenhange) in Aliso zurück. Diese Letzteren sind es, die Germanicus im J. 16. von den Germanen abermals belagert fand. Man wird entgegnen, Cädicius habe doch die Angesiedelten gewiß nicht zurückgelassen und der sicheren Gefangenschaft und Sklaverei Preis gegeben. Aber Germanicus hat auch keine leere Stadt durch die Germanen belagert gefunden; und die Germanen haben doch auch nicht das leere Aliso umlagert blos zum Zwecke der Zerstörung. Selbst Germanicus hat noch eine Bevölkerung in Aliso zurückgelassen und diese durch die Befestigungen zwischen Aliso und Rhein in einer gewissen Communication mit dem Rhein erhalten und vor den Germanen geschützt. Wann endlich die Stadt mit ihrer Bevölkerung in die Hände der Germanen gefallen und von Grund aus zerstört worden ist, wissen wir nicht.

Durch diesen natürlichen Zusammenhang ist, glaube ich, die Erklärung des neuesten Kritikers des Tacitus, Nipperdey, widerlegt, welcher unter dem castellum Lupiæ flumini adpositum nicht Aliso verstanden wissen will, sondern ein anderes den Quellen der Lippe noch näher liegendes Castell, und die weitere

Stelle interpungirt: cuncta inter castellum Alisonem ac Rhenum.
Er meint, wenn Tacitus unter dem castellum Lupiæ flumini adpositum das Castell Aliso verstanden hätte, so würde er es bei
der ersten Erwähnung mit diesem Namen bezeichnet haben. Ebenso hat auch lange vor ihm Ukert, Germ. S. 442 Not. 54.
geurtheilt. Der allzugroße stilistische Scharfsinn kann durch Beispiele des Tacitus selbst widerlegt werden, welcher nicht selten
eine Angabe durch einen nachher folgenden Zusatz oder Ergänzung,
näher bezeichnet und erklärt. Er konnte daher um so eher castellum
ohne Zusatz sagen, weil er dasselbe als bekannt voraussetzen durfte.
Macht man übrigens aus castellum und Alisonem zwei Castelle,
so steht Alisonem wiederum zu nackt da und läßt die nähere
Bestimmung castellum vermissen: und wahrlich konnte doch auch
Tacitus nicht sagen: „zwischen dem Castell, (dem Castell) Aliso
und dem Rhein.“ Außerdem hatten die Römer seit dem Untergange des Varus nur ein einziges Castell behalten, nämlich
Aliso, so daß von einem zweiten, von dem übrigens auch kein
Mensch etwas weiß, an unserer Stelle nicht die Rede sein kann.

Aber wo lag der vor Kurzem den Varianischen Legionen
zu Ehren errichtete Tumulus? Alle sagen: „auf dem
Schlachtfelde.“ Unmöglich! Man fasse doch einmal den Zusammenhang der ganzen Stelle gehörig ins Auge und insbesondere
auch die Partikel tamen. Die Belagerer hatten schon Reißaus
genommen, sagt Tacitus; das heißt das Castell hatten sie verlassen, also es nicht erobern noch zerstören können: jedoch ohne
einige Zerstörung war die Belagerung des Castells dennoch
nicht abgelaufen, nämlich den Tumulus und den Altar des
Drusus hatten die Belagerer auseinander geworfen. In diesem
unzweifelhaft richtigen Zusammenhange fordert die strenge Syntax
die Annahme, daß der Tumulus und der Altar beide zu Aliso
gestanden haben müssen; und hiernach ist wiederum anzunehmen,
daß dieser Tumulus verschieden ist von dem auf dem
Schlachtfelde von Germanicus errichteten Tumulus, und daß
schon früher kurz nach der Varianischen Niederlage zu Aliso ein
gleicher Tumulus, etwa vom Primipilar Cädicius, errichtet worden ist. Kürzlich (nuper), vor ungefähr sechs Jahren, hatte Cä-

bicius dem Andenken des Varus einen Tumulus gewidmet; der Altar des Drusus war schon alt, nach dem Tode des Helden im J. 9 vor Chr. in der Festung erbaut, die er selbst gegründet hatte. Will man den Tumulus auf das Schlachtfeld setzen, so muß man den Altar consequenter Weise ebenfalls mehr nach Osten bringen. Das hat Ukert S. 442 wohl gefühlt; deshalb macht er zu den Worten die Bemerkung: „Domitius errichtete dem Augustus einen Altar an der Elbe." Es kann nicht geläugnet werden, daß Tumulus und Altar unzertrennlich sind, entweder gehören beide Aliso an, oder beide lagen östlicher. Wo will man aber östlicher einen Altar des Drusus suchen? Drusus ist nun einmal der Gründer von Aliso und dorthin gehört der Altar; nach diesem muß sich aber auch der Tumulus fügen. Mag man den Tumulus auf das Schlachtfeld und den Altar Gott weiß wohin legen; mag man dem Tacitus aufbürden, er hätte einmal Dinge, die örtlich zu trennen gewesen, der Kürze wegen miteinander verbunden und nebeneinander gesetzt: ich kann hier nicht daran glauben. Und was hindert denn anzunehmen, daß Cäbicius zu Aliso zum Andenken an die gefallenen Legionen einen Tumulus errichtet hätte? Der Tumulus des Germanicus auf dem Schlachtfelde enthielt wirklich die Gebeine der Gefalle= nen, und der Römer mochte wahrlich keine Lust verspüren, das Schlachtfeld zum zweiten Mal zu besuchen; der zu Aliso war nur ein Denkmal zu Ehren der Gefallenen. Den Tumulus des Germanicus haben die Germanen wahrscheinlich gleich nach des= sen Rückzug zerstört; und nun zerstörten sie bei der Beläge= rung von Aliso auch das daselbst von Cäbicius errichtete Grab= denkmal, und zugleich mit diesem den alten Altar des Drusus.

Der Altar des Drusus zu Aliso ist eines von den vielen Ehrendenkmälern, welche dem Helden nach seinem Tode an ver= schiedenen Orten errichtet worden sind *). Man kann nicht gut annehmen, daß derselbe außerhalb der Festung lag, weil er dort der Zerstörung durch Feindeshand zu leicht ausgesetzt war; inner=

---

*) Meine Abhandlung über Drusus in Untergermanien im Herbst= programm 1844. S. 25.

halb der Stadt hat er auch nicht gelegen, weil man in diesem Falle annehmen müßte, die Germanen, die ihn zerstört haben, hätten die Festung erobert. Er scheint, wie auch der Tumulus, innerhalb der Wälle gestanden zu haben, in welche die Germanen vorgedrungen waren, die aber auf die Nachricht von dem Herannahen des Germanicus schon Reißaus genommen hatten. Daß Germanicus den Altar wiederhergestellt, hat seinen Grund in der Pietät zu seinem Vater, dem Gründer von Aliso; das Ehrendenkmal für die Varianischen Legionen herzustellen, fand er nicht rathsam. Wie er im J. 15 durch seine veranstaltete Leichenfeier auf dem Varianischen Schlachtfelde beim Kaiser Tiberius angestoßen hatte, so mochte er jetzt vielleicht fürchten, durch Erneuerung des Tumulus zu Aliso gleichen Anstoß zu erregen.

§ 6. Epilog.

Seit den Eroberungszügen des Drusus in Germanien war die Residenz der römischen Statthalter daselbst die von diesen Helden bei den Quellen der Lippe, da wo jetzt das Dorf Elsen liegt, gebaute Festung Aliso im Lande der Bructerer unweit der Cheruskischen Grenze. Auch Quintilius Varus wohnte daselbst. Nachdem er von dort aus seine Angelegenheiten und Reorganisationen eine Zeitlang geleitet hatte, verlegte er, durch listige Anschläge germanischer Häuptlinge verleitet, seinen Sommeraufenthalt von Aliso in's Cheruskerland an einen zwischen dem Osning und der Weser diesem Flusse nahen Ort und setzte dort sein Werk fort. Allein der Cheruskerfürst Arminius hatte eine weitverzweigte Verschwörung verschiedener Germanischer Völkerschaften, an deren Spitze die Cherusker standen, zur Befreiung Germaniens vom verhaßten römischen Joche gebildet. Varus, obgleich vielfach gewarnt, verharrte in Sorglosigkeit. Erst auf die Nachricht, daß ein fern (im Westen) wohnendes Volk einen förmlichen Aufstand gegen die römische Herrschaft erregt hätte, raffte er sich auf, um den Aufstand zu unterdrücken. In seinem

Heere waren auch viele Weiber und Kinder und ein großer Troß; diesen wollte er zu Alifo absetzen und, mit der daselbst zurückgelassenen Besatzung verstärkt, gegen den Feind ziehen. Allein durch Arminius, den er für seinen Freund hielt, verlockt und mit Blindheit geschlagen, wählte er nicht die gebahnte Heer= straße, sondern zog sorglos, als wäre er in Freundesland, in das Waldgebirge Osning ein, wo dieses den Namen Teutoburger Wald führt. Es waren da Berge mit abwechselnden Thal= schluchten und Höhen, mit dichten und riesigen Bäumen besetzt. Durch Fällen der Bäume und Legen von Brücken mußte ein Weg gebahnt werden, und der Regen ergoß sich in Strömen vom Himmel. Kaum hatte Varus sich in das Gehölz der schwer= ausgänglichen Waldgebirge verwickelt, als Arminius, dessen Wink die aufgewiegelten Bundesgenossen gewärtig waren, ihn im Rücken und bald von allen Seiten angriff. Um sich durch die durch alle Schluchten einbrechenden Germanen zu schützen, schlug Varus an passender Stelle auf walbiger Höhe ein Lager auf. Am folgenden Tage setzte er, nachdem er sich eines Theiles des Trosses entledigt hatte, den Zug fort, aber unter unaufhörlichen Kämpfen gegen die immer zahlreicheren Feinde, bald auf einem offenen Terrain, bald wieder in Waldungen, bald auf einem engen Raume, wo er einen Gesammtangriff seiner Reiterei und Hopliten auf den Feind wagte. Dieser Kampf dauerte bis in die Nacht und kostete viel Blut, und während des Ringens, um nur aus dem Walde herauszukommen, brach der dritte Tag an. Regenguß und Windsturm hinderte das Fortkommen; und da Arminius das Herauskommen aus dem Walde um jeden Preis hindern wollte, warf er sich mit ganzer Macht den Römern ent= gegen, die nun ein Lager, das Verzweiflungslager, aufschlugen und aus ihm den Entscheidungskampf wagten. Aber auch in dieses Lager brachen die Germanen ein. Varus, als er Alles verloren sah, stürzte sich in sein Schwert, und sein Beispiel fand Nachahmung. Der unglückliche Weg, den Varus nahm, ist wahr= scheinlich der Weg zwischen Detmold und Schlangen. Unter denjenigen, die sich aus der schrecklichen Niederlage retteten, ist besonders zu erwähnen der Primipilar L. Cädicius, welcher sich

in das nahe Aliso warf. Alle befestigten Plätze fielen den Ger=
manen in die Hände, einen ausgenommen, Aliso, welches die
Germanen belagerten. Cädicius hielt die Belagerung, obgleich
von Hunger gedrückt, so lange aus, bis L. Asprenas vom Rhein
her zu Hülfe kam. Tiberius hatte ihn gesandt, und er kam,
als Cädicius in stürmischer Nacht mit seinem Corps aus der
belagerten Festung zu entwischen suchte, zur rechten Zeit an;
Cädicius schlug sich zu ihm durch und beide, Asprenas und
Cädicius, traten vereint die Rückkehr an den Rhein an, ohne
von den Germanen verfolgt zu werden. Auch die in Aliso
zurückgebliebenen Römer, die dort angesiedelte Bevölkerung nebst
der römischen Besatzung, behaupteten die Festung gegen die Ger=
manen. Als Germanicus sechs Jahre nach der Varianischen
Niederlage das Bructererland zwischen Ems und Lippe bis an
die Grenze der Bructerer verheerte, besuchte er auch die Un=
glücksstätte im Teutoburger Walde im Cheruskerlande, ließ die
Gebeine der Gefallenen in einen Tumulus sammeln und hielt
eine Leichenfeier: auf welchem Zuge er wahrscheinlich auch Aliso
berührt hat. Und als er im folgenden Jahre ·hörte, daß Aliso
von den Germanen belagert würde, zog er mit sechs Legionen
die Lippe hinauf dahin. Bei der Kunde von seiner Annäherung
hatten aber die Belagerer die Festung wieder verlassen, nachdem
sie nur den von Cädicius zu Ehren der Varianischen Legionen
errichteten Tumulus und den alten den Manen des Drusus er=
bauten Altar, welche beide innerhalb der Wälle der Festung
standen, auseinander geworfen hatten. Germanicus stellte den
Drusus=Altar wieder her, hielt zu Ehren seines Vaters eine
Leichenfeier und ließ dann die ganze Linie zwischen Aliso und
dem Rhein durch Wehre und Dämme stark befestigen, um den
Verkehr der Festung mit dem Rhein zu unterhalten und zu
sichern. Wann in der Folge Aliso sich den Germanen hat er=
geben müssen und die verhaßte Zwingburg durch dieselben von
Grund aus zerstört worden ist, wird nicht berichtet.